KB067519

유령시인

유령
시인
A Ghost Poet

김중일 신작 시집 New collection of poems by Kim Joong-il
전승희 옮김 Translated by Jeon Seung-hee

POET

아시아

차례
Contents

유령
시인
A Ghost Poet

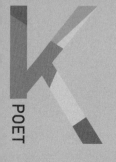

POET

깊은 수심

거울 속이 바람으로 빈틈없이 가득 차자 머리카락이
일렁이기 시작한다.

당신의 머리카락이 수평선 너머로 흘러간다.

너울지며 나부끼는 머리카락 속은 시커멓게 깊다.

누군가가 검은 머리카락 속에 손을 쑥 집어넣어 커다
란 물고기를 맨손으로 잡아채며 내게 손짓한다.

이리 와서 이 물고기 좀 봐라, 네 키보다 더 크다.

물의 깊이.

당신의 깊은 마음속으로

괜찮다며 내리는 비.

당신의 머리카락 속으로, 나는 눈코입을 막고 뛰어든다.

당신의 깊은 수심 속으로 한없이 빠져든다.

바닥에 발이 닿지 않는다.

더 이상 숨을 참을 수 없는 순간, 누군가가 내 목덜미
를 잡아채며 당신에게 손짓한다.

Depth of Water

When the inside of a mirror is filled with winds, the locks of your hair begin to rise.

They flow down and pass over and across the horizon.

The inside of your streaming hair is pitch black.

A person pushes his hand through this black hair, grabs a big fish with a naked hand and beckons me.

Come see this fish! It's taller than you!

Depth of water.
Into the depth of your heart
Rain falls, saying it's all right.

Into the locks of your hair I jump, covering my eyes, nose, and mouth.

Into the bottomless depth of your worries, I dive.

My feet cannot touch the bottom.

The moment I can no longer hold my breath, someone grabs my nape and beckons you.

Come see this fish! It's taller than you!

이리 와서 이 물고기 좀 봐라, 네 키보다 더 크다!

수심 깊은 당신의 얼굴로 가득 찬 거울 속에 손을 뻗어
오늘도 누군가는 물고기를 잡아 올린다.

매일 깊은 밤에 나는 당신의 깊은 수심 속으로 들어간다.
나는 그렇게 매일 물고기처럼 빠져 죽는다.

하지만 나는 죽지 않는 당신의 걱정.
당신은 매일 얼음장 낀 찬 거울 속에 손을 넣어 씻는다.

Reaching into the mirror, filled with your face and its depths of worries,

Someone grabs and pulls out a fish today.

Every day, in the depth of night, I fall into the depth of your worries.

Like this, I drown and die every day, like a fish.

Nevertheless I am your worries that never die.

Every day you push your hands into the freezing mirror covered with sheets of ice and wash them.

슬로우 피플

비 젖은 바지를 입고 한없이 느린 발걸음으로 한밤에
집으로 돌아와 불을 켰을 때
　어둠보다 빠르게 사라지는 것이 있다.
　빛의 속도로 와서 어둠보다 빠르게 사라지는 것이 있다.
　그것은 무엇일까, 그 정체는.

　한없이 느리게 돌아봤을 때 빈방 안이 온통 빛으로 가
득하다.
　빛에는 무수히 찢기고 패이고 긁힌 상처가 있다.
　쇄빙선에 으깨지기 직전의 유빙이나
　날아든 짱돌에 허물어지기 직전의 유리창같이
　이 빛은 작은 스위치 하나만 누르면 툭 허물어질 것이다.

　사실 우리는, 옥상에서 유리잔을 떨어뜨리고 저 아래
에서 받을 수 있는 속도를 가지고 있다. 그러나 지구에
서는 어찌된 건지 물속을 걷는 것같이 느리다.
　하루면 우주를 한 바퀴 돌 시간인데,

Slow People

When you return home with endlessly slow strides in rain-soaked pants in the middle of night and turn on the light,

There are things that disappear even faster than the darkness.

There are things that come with the speed of the light and disappear faster than the darkness.

What is it, what is it really?

When I turn around infinitely slowly, I find the empty room entirely filled with light.

In the light, there are wounds from being torn, nicked, and scratched, in countless numbers.

Like an ice floe immediately before being crushed by an icebreaker.

Like a glass window immediately before collapsing because of a rock thrown through it.

This light will quickly crumble with a flick of a tiny switch.

In fact, we have the speed to drop a glass from the

우리는 지구를 건너는 동안 대부분의 시간을 허비한다.

나는 너무 느리게 움직이고 있다, 이번 생을 한없이
느리게 살고 있다.
그럼으로 제 속도로 살아가는 것들이 보이지 않는다.
스위치를 탁 켜면 사라지고 없는 어둠,
스위치를 탁 끄면 사라지고 없는 빛과 같은
내 머리카락을 쓰다듬는 순간 이미 지구 반대편으로
넘어가 있는 바람이나
나를 마지막으로 꼭 끌어안는 순간 이미 지구를 벗어
나고 있는 망자들

지금의 내 속도는 비정상적이다. 슬로우 슬로우,
깊은 물속을 걸어가는 시간.
지구라는 이 마의 구간만 지나면 다시 존재가 투명해
지는 속도로 접어들 것이다.
그러면 약속하지.
한없이 무겁게 젖은 몸과
무거운 몸에 젖은 마음으로 네가 걸어갈 때
길가에 무수한 나뭇잎들을 내 투명한 손으로 동시에

rooftop and catch it before it reaches the ground. But, on earth, for some reason we are as slow as walking under water.

A day is the time we can make one revolution around the universe,

But we waste most of our time just crossing the earth.

I move too slowly, living this life infinitely slowly.

Thus, I cannot see those that live at their proper speed:

Like the darkness that has already disappeared when you turn on the switch,

Like the light that has already gone when you turn off the switch,

Like the winds that have already gone over to the other side of the earth the moment I stroke my hair,

Like the dead that are already escaping the earth the moment he holds me tight for the last time.

My speed now is abnormal. Slow, slow,

Time when I walk under the depth of water.

The moment I pass through the barrier of the earth,

I'll regain the speed at which I become transparent.

Then, I promise:

When you're walking with an infinitely drenched

흔들게.

　네가 인기척에 돌아보는 사이 이미 너의 내일로 가 있
을게.

and heavy body, and endlessly drenched mind,

I'll wave numerous leaves on the street with my transparent hands.

I'll already be at your tomorrow, while you turn around, sensing someone's presence.

시인의 귀

누가 흘린 귀를 주워왔다. 낡은 시집을 읽다가 다들 모여앉아, 이 귀가 누구의 귀인지 여러 열띤 말들이 오 갔다. 누구의 귀인지 반드시 돌려줘야 한다는 생각만 은 일치했고, 누구의 귀인지는 다들 의견이 달랐다. 개 중에는 자신의 귀라고 주장하는 사람도 있었다. 아마 도 그 사람은 이 세상으로부터, 가능하다면 두 배쯤 멀 리 벗어나고 싶은 것이다. 귀는 세상을 뜰 때 마지막 차 비라는 점에서 그렇다. 어머니가 너무나 소중하게 뱃속 가장 깊은 곳에 꾸깃꾸깃 따로 넣어두었던 것을, 아이 몫으로 태어나기 전에 잃어버리지 말고 잊어버리지 말 라고 얼굴에 달아준 것이다. 그 소중한 것을 누가 자신 도 모르는 사이 부주의하게 흘리고 갔는가. 고단한 누 군가가 주워가게 큰맘 먹고 선사한 것인가. 불효막심하 게 일부러 슬쩍 내버리고 갔는가. 이 참혹한 세상을 뜨 는 대신 중음신으로 천지간에 떠돌겠다는 것인가. 쪽방 같이 비좁은 낡은 시집에 들어 잠시 눈을 붙이며 영원 히 떠돌겠다는 것인가. 과연 그럴 수 있는 이들이, 누구

A Poet's Ear

We picked up and brought an ear someone must have dropped. All of us gathered while reading old, beat-up poetry books and exchanged heated words about whose ear it might be. All agreed that it had to be returned to its owner, whoever this person might be; but all disagreed about whose it was. One of us even claimed that it belonged to himself. Perhaps he wanted to go far away from this world, about twice as far as others. For our ears are our last fare when we leave this world. Preciously, a mother kept them in the deepest depth of her belly and attached them to her baby's face before its birth, so that the baby wouldn't lose or forget them. Who had carelessly dropped such a precious thing? Did he generously donate it for someone who had been beaten down? Or did he drop it on purpose, unthankful toward his mother? Or did he mean to wander around this world as a ghost, instead of leaving this horrendous world? Did he

도 찾지 않는 낡은 시집에 입주한 가신으로라도 영원히 여기에 맴돌겠다는 그들이 아니면 누가 있을까.

mean to forever wander in this world, while occasion-
ally entering and taking a nap in the cramped sliver
of a room that is an old beat-up poetry book? Who
else but them, who want to wander around this world
forever, even as a house ghost living in an old, beat-
up poetry book that nobody wants, could do such a
thing?

시인의 등

그곳에서부터 쭉, 나는 시인의 어두운 등에 업혀 있다. 지금 시인은 어디론가 가고 있다. 한밤중이었고, 비가 부슬부슬 내리고 있다. 시인은 내가 시인의 등에 업혀 있는 것을 전혀 모르는 것 같다. 상관없다. 차라리 다행이다. 시인이 끝까지 가려는지 정말 사라질 때까지 가려는지 몰라도 내가 가는 길까지만 동행하면 그만이다.

시인의 발은 오르막에서 재빠르고 내리막에서 한없이 느리다. 시인의 들썩이는 등은 울음 때문인지 가쁜 숨 때문인지 알 수 없다. 시인의 등에서 축축이 배어나오는 것이 땀인지 빗물인지 알 수 없다.

시인의 등을 끌어안으면, 나는 시인의 거대한 가방이 된다. 시인은 간혹 나무 아래 기대어 앉아 내 몸속에 손을 넣어 휘적거리다가 몇 권의 시집들 사이에서 물병 하나를 찾아내어 목을 축인다.

시인의 등을 끌어안으면, 나는 어느새 온몸으로 서리 낀 차가운 창문을 껴안고 있다. 곧 해 뜨고 서리가 녹으면 조각나 허물어질 이미 깨지고 금간 창문같이, 시인

A Poet's Back

From there on, I have been continuously carried on the dark back of a poet.

The poet is now heading somewhere. It's the middle of night and it is drizzling. The poet does not seem to be aware at all that he is carrying me on his back. No matter. It's actually better this way. I don't know if the poet means to keep going until the very end, until he truly disappears; but I have to just go with him until I arrive at my destination.

The poet's feet are fast on the uphill and infinitely slow downhill. I don't know why his back is rising and falling—whether it's because of his crying or panting. I don't know whether what is oozing out from his back is sweat or rainwater.

When I hug his back, I become his enormous bag. Occasionally, the poet sits down under a tree, leaning against its trunk, pushes his hand inside my body, rummages through a few poetry books, finds a water

의 등이 서서히 붉게 물든다.

시인의 등을 끌어안으면, 나는 어느새 가파른 빙벽을 오르고 있다. 나는 죽기로 오를수록 바닥 없이 미끄러진다.

끝없이 미끄러지며 힘겹게 시인의 등을 안고 얼마나 갔을까. 눈떠보니 드디어 나는 몇 년 전 그날의 그곳에 도착해 있다. 그곳에서 내가 내리자 시인은 조금은 가벼워진 몸으로 네가 가려는 더 멀고 먼 과거의 그곳으로

갔다.

bottle, and wets his throat.

When I hug his back, in no time I am hugging a cold, frosted window with my whole body. The back of the poet is slowly dyed red like a broken and cracked window, about to break into pieces and crumble when the frost melts.

When I hug his back, I am climbing a steep cliff of ice in no time. The more desperately I climb, the more bottomlessly I slip.

How long have I been struggling on, hugging the back of the poet, while continuing to slip? Opening my eyes, I find myself having arrived at the same place as that day a few years ago. When I get off, the poet, with a lighter body, heading to the far, faraway place in the past that you want to reach,

Has gone.

시인의 선물

줄 게 이것밖에 없어요.

길거리에서 그는 빈손을 내민다.

나는 그의 빈손을 받아간다.

빈손을 파지처럼 구겨서 주머니에 넣는다.

주머니 속에 시인의 주먹이 공처럼 불룩하다.

그의 빈손은 곧 빈 코트에 내리꽂힐지도 모른다.

그의 빈손은 곧 빈 코트에 나를 내리꽂을지도 모른다.

하지만 대부분의 경우 그 전에 주머니에서 무심히 툭 떨어져 코트 밖으로 데굴데굴 굴러간다.

친구, 나의 그 빈손만은 부디 잡아주면 좋겠어.

보잘것없지만 그건 내 선물이잖아.

물론, 나는 기꺼이 떨어진 그의 손을 다시 잡는다.

그 순간, 그의 손이 나를 꽉 움켜잡아 순식간에 제 주머니에 욱여넣는다.

시인의 주머니 속은 역시 밤이다.

시인의 주머니에 오늘밤은 나로 가득하다.

줄 게 이것밖에 없군요.

A Poet's Gift

This is all I've got to give you.

He holds out an empty hand in the street.

I take that empty hand and go.

I crumple it like a piece of scrap paper and put it into my pocket.

The poet's fist bulges like a ball in my pocket.

His empty hand might be thrown down onto an empty court.

His empty hand might throw me down onto an empty court.

However, in most cases, it casually drops from the pocket and rolls and rumbles off the court.

Friend, please take this empty hand of mine.

Although nothing important, it's my gift, isn't it?

Of course, I gladly catch his dropped hand again.

That moment, his hand grabs me tightly and gathers and pushes me into his pocket.

Inside his pocket, it is night as well.

Tonight in his pocket is filled with me.

This is all I've got to give you.

시인은 나를 꺼내 네게 내민다.

너는 시인이 내민 빈손을 받자마자

전단지처럼 구겨버리며 바삐 계단을 내려간다.

The poet takes me out and holds me out to you.

You, as soon as you take the empty hand he offers,

Crumple it like a piece of flyer and hurriedly go

down the stairs.

무의미
—시인의 죽음

해당 종의 마지막 개체였던 갈라파고스 핀타섬 육지 거북 외로운 조지도 죽고, 하와이 고유나무 달팽이 조지도 죽었다. 그리고 조지 이전과 이후 손쓸 겨를 없이 멸종의 세월은 내내 흘렀다, 얼마나 더 흘렀을까.

육지거북 외로운 조지같은 주름진 민머리, 달팽이 조지같이 굽은 등을 한, 지구상에 마지막 시인 조지가 죽었다. 마지막 독자가 죽은 지 십년 만이다. 당연히 세상 누구도 그가 시인인지 몰랐다. 더구나 수십 년 전에 파산한 출판사를 통해 출간한 시집을 가지고 있는, 지구상에 생존한 마지막 개체인지 몰랐다. 만약 알았다면 공무원들이 좀 신경 썼을까.

시체가 된 시인은 책상 위에 앉아 있다. 못 마친 시를 쓰고 있는 중인 것처럼 보이기도 한다. 그로부터 오랫동안 아무도 시인을 찾지 않았다. 그가 시인으로 불릴 수 있는 것을 가능하게 했던 모든 사람들이 이미 사라졌기 때문이다. 시인은 멸망한 시세계의 마지막 생존자였다. 그것이 시인의 숙명이다.

Senselessness: Death of a Poet

Lonesome George, the last known individual of the species of Pinta Island tortoise in the Galapagos Islands, died, along with a Hawaiian snail, also named George, believed to be the last of his species as well. The time of extinction has continued to race on, while we stand by helplessly, before and after the Georges—how much farther down have we come?

The last poet George—with his wrinkled bald head like Lonesome George and his bent back like the snail George—also died. And it had been ten years since his last reader died. Naturally, nobody in the world knew that he had been a poet. Unsurprisingly, nobody knew that he was the last survivor on the earth, who had had his poetry books published by the publishing company that by then had gone bankrupt several decades ago. If they knew, would the civil servants in charge of social work have paid more attention to him?

The poet, dead, is sitting atop his desk. In a way, he looks like he's finishing an unfinished poem. Nobody has looked for him for a long time. That's because all the people who made it possible for him to be called a poet

시인의 시집에서 활자들이 날아올라 시인에게 새카맣게 달라붙는다. 이제 시인과 함께 사라질 시세계의 장례 풍습이다. 정해진 명명은 없지만, 문장(文葬)이라고 부르면 어떨까.

낡고 오래된 시집 갈피마다 활자들이 날벌레처럼 기어 나와 날아오르는 줄만 알았는데, 시인의 깊은 주름과 손금을 비집고도 활자들이 날아오른다. 마지막 시인이 쓰지 못하고 죽은 활자들이, 영영 시가 못될 활자들이 탄피와 같이 사납게 날아오른다. 사방에 박힌다.

낡고 오래된 시집 속에서 검고 딱딱한 껍질을 가진 활자들이 사납게 날아오르는 줄만 알았는데, 그것은 죽은 모체에서 나와 딱딱한 활자를 알껍질처럼 깨고 드디어 부화한 시적 의미들이었다. 아무도 관심 없는 시적 의미들은 시인이 죽기만을 기다렸다는 듯, 시인의 육체를 삼키며 검게 피어올랐다.

시인을 삼킨 의미들은

시인과 함께 아무런 흔적 없이 사라졌다.

have disappeared. The poet was the last survivor of the world of poetry, which had collapsed. That was his fate.

The letters fly up from the poetry book and cover the poet's body. This is a funereal custom that will disappear with the poet. Although there's no name for this, how about calling it a "funereal sentence"?

Although it appears that the letters crawl out from the pages of the beat-up old poetry book, and fly up like winged insects, they are also soaring out of deep wrinkles and lines in the palms of the poet, through which they squeeze themselves. The last letters that the poet could not use before he died, letters that can never become a poem, fiercely soar up like empty shells. Then they are stuck everywhere.

Although it seems that letters with black and hard shells are soaring up fiercely from an old and beat-up poetry book, they are in fact poetic meanings that have finally hatched, after coming out of a dead parent's body, after breaking an egg shell. Poetic meanings no one is interested in rise in blackness, while swallowing the body of a poet, as if they have only been waiting for the poet's death.

The meanings that swallowed the poet

Disappeared without a trace, together with the poet.

유령시인

미라처럼 백지를 잔뜩 껴입은 시인은 평생을
백지를 벗어버리기 위해
단추를 잠갔다가 풀고, 풀었다가 잠그듯
시를 쓰고 지우고, 지우고 쓴다

오늘밤 첫 글자가 백지에 채워지자,
허공에 입혀진 백지 한 장이 떠오른다

글자들이 더디지만 밤새 백지 위로 채워진다
백지는
조약돌같이 까만 망자의 단추로 가득 채워진 포대만
큼 무겁지만
시인이 벗어 허공에 입혀준 홑겹의 옷처럼 가볍기도
하다

아직 아무도 일어나지 않은 새벽
아직 아무런 일도 일어나지 않은

A Ghost Poet

Dressed in layers of blank paper, like a mummy, the poet
Writes and erases, erases and writes all his life,
As if doing and undoing, undoing and doing buttons,
In order to take off all the layers of blank paper.

Tonight, when the first letter begins to fill the blank paper,
A piece of white paper floats up into the air and dresses it.

Although slowly, letters fill the white paper overnight.
Although the white paper is heavy, like a bag filled with the buttons of the dead, as black as pebbles,
It is also as light as a single layer of clothes that the poet has taken off and dressed the air with.

At dawn when nobody is up,
Today, when nobody is up,
As if black buttons are floating up silently, slowly,
Above the pure white shirt that the narrator, who is

오늘, 홀로 일어난 시 속의 화자가
어둑한 장롱 속에서 꺼내 입는 새하얀 셔츠 위로
고요히 천천히 까만 단추가 떠오르듯

시인은 슬픈 글자를 채워 허공에 백지를 입힌다
보이지 않는 이들의 투명한 몸에 백지를 입힌다

한번 글자로 채워지면
살아서는 몰라도 죽어서는 절대 벗을 수 없는 옷
죽은 이라면 모두가 한 벌씩 걸치고 있는 옷
옆자리 시인이 벗어준 옷

up alone,

Takes out from a wardrobe as dark as the inside of a coffin,

The poet dresses the air in a layer of white paper, after doing up the sad words.

He dresses the transparent bodies of invisible people in layers of white paper.

The clothes that you can never take off, once you are dead, although you may do so while alive,

Once they are filled with letters;

The clothes of which all the dead are wearing at least a set;

The clothes that a poet next to you has taken off and given to you.

시쓰기

옆방에는 자신이 죽었다고 주장하는 이가 살고 있다.

처음 만났을 때 그는 혹한의 북미에서 벌목된 나무를 유통하고 있다고 했다. 친분이 쌓이자 그는 먼 이국의 극지에서 벌목된 나무를 들여오는 건 위장을 위한 것에 불과하다고 했다. 그의 본업은, 금세 잊힌 망자들이 드리운 그물을 수거하는 일이라고 했다. 그건 무슨 소린가.

그의 주장에 따르면, 사람은 죽자마자 지하에서 지상으로 나무를 그물처럼 드리우고 비로소 깊은 잠에 드는데, 망자를 기억하는 이들이 한동안 그물로 모여들어 물고기 같은 눈물을 뚝뚝 흘린다. 세상 모든 그물은 시나브로 성기고 구멍 나 결국 폐그물이 되기 마련이지만, 심심찮게 드리워지자마자 버려진 그물들도 많다. 그런 그물들을 찾아 자신이 고이 거두고 있다는 것이다. 하루에도 도시 곳곳에 버려진 나무들이 무수하다고 했다.

다 좋은데 왜 굳이 당신은 자신이 죽었다는, 이승에서는 믿기 힘든 그래서 당신이 지금 하는 이야기의 신빙

Writing Poems

In a room next to mine lives a guy who claims he is dead.

When I first met him, he said he was distributing lumber that had been logged in bitter cold weather in North America. After we became more familiar, he said that importing lumber from the Arctic area of a foreign country was only a disguise. He said what he really did was to collect nets cast by the dead who had become quickly forgotten. What did he mean?

According to him, as soon as a person dies, he casts a tree from the underworld to this world, like a net, and then, finally, falls into a deep sleep, and those who remember the dead gather around the net for a while and drop in like fish. Although all the nets in the world will eventually become trash, as they gradually become loose and develop larger holes, quite a few are abandoned as soon as they're cast. What he is doing is to find them and so neatly collect them. He said there are numerous trees abandoned everywhere in cities.

It's all good, but why do you claim that you're dead? It's an argument difficult to believe and therefore un-

성마저 떨어뜨리는 주장을 하는 것입니까, 물었는데

어렵게 그가 하는 말은, 자신이 바로 그 가엾고 위험천만한 나무 한 그루의 주인이었다고 했다. 자신이 죽은 직후 일생의 상처와 고독의 힘을 모아 지상에 던진 나무 속으로, 출산을 위해 급히 새벽길을 달리던 세 명의 일가족이 탄 자동차가 빙판길에 미끄러져 빨려든 일이 있었다. 물론 세 명 중 한 명은 엄마의 뱃속에 있었다.

그는 자신이 방금 던진 그물에 의도치 않게 걸린 세 명의 고귀하고 무고한 생명을 거둬 올리며 어찌해야 할 바를 몰랐다고 했다. 그래서 죽을힘을 짜내 다시 정신을 번쩍 차리고 이곳으로 돌아와, 힘닿는 한 지상에 던져진 채 잊힌 망자의 가엾고 위험한 그물을 찾아내어 거두는 일을 하고 있다고 했다.

물론 그 일이 속죄도 아니고, 순리를 거스르는 일일 수도 있으며, 그럼으로 꼭 필요한 일이 아닌 무용하고 무의미한 일이라도, 죽을힘을 다해 죽어서도 살며, 이런 일도 세상에는 계속되고 있다는 걸 스스로 기록하듯,

시를 쓰고 있다고 했다. 길거리에 버려진 폐그물을 거두고 엉킨 올 하나하나 밤새 풀어 글자를 만들고 문장

dermines the credibility of what you're telling me, I told him.

With great difficulty he said he had been one of owners of these pitiful and treacherously dangerous trees. Immediately after his death, he said, a car hastily driving for a childbirth, with a family of three, slid on an icy patch and was sucked into that tree, which had been thrown onto this earth with the force that gathered all the wounds and solitude of his lifetime. One of the three was inside the belly of the mother.

He said that he did not know what to do while gathering the precious and innocent lives of the family that unintentionally got caught in the net that he had just thrown. That was why he regained consciousness, with all his might, returned to this world, and was working as best as he could to find and gather pitiful and dangerous nets thrown into this world, and then forgotten.

It was not necessarily an act of atonement either. It might also be contrary to the law of nature. Even if what he was doing was useless and meaningless, or not absolutely necessary, he lived with all his strength, even while being dead. And recording that this was continuing to occur in the world,

He was writing poems; after untying the tangled

41

을 이어, 다시 쓸 만한 그물을 짓고 있다고,

　말했다.

　나는 고개를 주억거리며 죽은 시인의 시집을 덮었다.

knots, one after another, from the spent nets, that were abandoned on the streets, he was building a net that could be used again, by making letters and stringing together sentences—

That's what he said.

I nodded and closed the book of poems by the dead poet.

꿈속에서 일생 살기

우리는 분명히 같은 꿈을 건조하고 있다.

다 같이 모여 살 수 있는 거대한 대륙 같은 꿈. 밤낮없이 책상에 엎드려, 버스 창에 기대어, 비정규직으로 출퇴근길 깜박깜박 흐르는 시간조차 놓치지 않고, 틈만 나면 우리가 함께 타고 떠날 꿈을 건조하고 있다. 그 꿈을 하나의 나라만 한 여객선이라고 하면, 적당한 비유일까. 일생을 이 작업에 동참하다가 죽은 이도 간혹 꿈속으로 돌아와 힘을 보태기도 한다.

오늘도, 간이침대 가장자리가 조금 녹아 있다. 하얀 아침이 쇄빙선처럼 머리맡에 와 있다. 나는 아침에 부딪혀 조각난 유빙처럼 유랑하는 침대에 매달려 있다. 매우 단단한 것에 부딪힌 듯 극심한 두통에 나는 자리에서 바로 일어서지 못한다. 꿈속에서 과로했는지 오래 어지럽다. 쇄빙선처럼 도무지 막을 수 없이 완고하게 밀고 들어오는 아침에, 창문같이 차갑고 얇은 내 잠이 순식간에 산산이 깨진다.

꿈이 하나도 생각나지 않는다. 밤새 일했던 나라와 같

Living a Life in a Dream

We're clearly building the same dream.

A dream like an enormous continent where we can all live together. At every spare moment, even while dozing off at our desks, day and night, or leaning on the bus window on our way to and from work, where we labor as temporary workers, we are building a dream aboard which we take off together. Would it be a proper metaphor if we call that dream a passenger ship the size of a country? Those who died while participating in this work of building a dream, all their entire lives, sometimes return to our dreams and add their strengths.

Today, as always, I find the edge of my cot to have melted a little. White morning is at my bedside like an icebreaker. In the morning I am holding onto a wandering bed, like a floe that broke after a collision. I cannot get right up because of a severe headache, as if after bumping into something very hard. Perhaps because I worked too hard in my dream, I feel dizzy for a long time. Because of the morning that unstoppably

이 일했던 사람들. 내가 간밤에 어떤 사람들과 조우해 어떤 노동을 했는지. 서리가 내려앉아 보이지 않는, 환히 불 켜진 유리창 속에 두고 온 동료들.

누군지 기억나지 않지만, 내 목숨보다 사랑했던 그 사람들, 조각나고 깨져 물속에 녹아버린 그 사람들, 눈 깜짝할 사이 허무할 정도로 간단히 내게 잊힌 그 사람들, 나의 가족 나의 친구들이

날 잊으면 어쩌나, 이승이라고 생각하며 모여 살고 있는 금세 깨게 될 꿈속 그곳에서.

forces its way through, my sleep cold and shallow like an early morning window, is instantly shattered.

I cannot remember my dream at all: the country where I worked overnight and the people with whom I worked; whom I met last night and what work I did with them; my colleagues, whom I left inside brightly lit windows, now invisible because of the frost.

People whom I loved more than my life, although I cannot now remember who they were; people who were shattered and broken, and melted in the water; people whom I forgot so simply and instantly, so futilely; my family and my friends—

What if they forget me, in that place in a dream from which they will soon be awake,

Where they live together thinking it is real life?

비의 너비

비가 온다 매일 온다
매일 매일 연중 안개처럼 가늘고
바람처럼 보이지 않게 흩날리는 비가 온다
우리의 머리카락이 젖지 않을 정수리 직전까지만
정확히 오늘도 비가 온다

우리는 머리 위에 비를,
새는 물양동이 이듯 이고 간다
조금씩 양 눈으로 비가 찔끔찔끔 흘러나온다

수일간 수개월간 수년간 정수리 위에 고인
비가 단번에 쏟아져 몸과 마음이 다 휩쓸려
떠내려가지 않도록, 부딪히지 않게 서로 비껴간다

결국 오직 '내일'만 없을 내일에
죽은 사람들의 다리에 걸려 넘어져 여태 고인
비가 모조리 다 쏟아진다

Width of Rain

It rains, it rains every day.

Every single day throughout the year, it rains—

Rain as thin as fog, rain that flutters invisibly like winds.

Eluding just the crown of the head, so that our hair wouldn't get wet,

It surely will rain today, too.

We walk with the rain atop our heads

Like a leaky water bucket.

The rain leaks by driblets through our eyes.

We carefully cross in front of each other, avoiding collision

So that all our bodies and minds will not be swept down and away

By the rain that has gathered for days, months, and years atop our heads, and would pour down all at once.

In the end, tomorrow that always comes, tomorrow

지붕 위에 일 년 내내 걸터앉아 있던 장마도

땅으로 첨벙 뛰어내린다

비가 온다 내일로 비가 온다

내일의 비가 내일의 비가,

너의 비 비통한 너의 비,

너와 비 사이의 너비,

너와 나 사이의 너비,

비의 슬픈 너비

that would hold everything but "tomorrow",

    We trip and fall on the legs of the dead

    And all the rain that has gathered until then pours down.

    The rainy season that perched on the roof for the entire year

    Plops down onto the earth.

    It rains, It rains toward tomorrow.

    Tomorrow's rain is tomorrow's elegy,

    Your rain, your sorrowful rain,

    The width between you and the rain,

    The width between you and me,

    The sorrowful width of the rain.

향로로 잠시 내려앉았다 날아가는 새

그는, 평생 한 마리 작은 새로 떠돌며

온몸을 한 잎 두 잎 깃털같이 다 떨궈내고

가는 두 다리만 남아 향로에 앉아 있다

몸도 없이 앙상한 두 다리,

누군가 꽂고 간 두 개의 향으로

그는, 향이 다 타는 동안 앉았다가

또다시 날아가고 없다

A Bird Who Flies Away After
Resting Briefly on an Incense Burner

After a life of wandering around like a tiny bird,

A life during which he shed all the layers of his body,

one after another, like a bird shedding its feathers,

He is now sitting on an incense burner, two scrawny

legs.

Two scraggy legs without a body,

That is, two incense sticks stuck in the burner—

He lingers while the incense sticks burn down,

And then flies away once again and disappears.

새의 무릎

태중에서 기도하는 태아의 작은 두 손처럼 모은 두 부
리로
땅을 두드리며 새들은 무릎으로 걷는다
새들의 무릎은 늘 까져 있다
까진 무릎에서 석양이 흘러나온다
새들은 온종일 떠나있던 석양 속으로 돌아간다

새들의 무릎에서 발이 돋았다
새들은 비바람에 꺾여 나가는 정강이를 붙잡으려 오
랜 시간 진화했다
결국 새들에서 꺾여 나와 지상에 떨어진 가는 다리는
나뭇가지가 되었다
그 마디마다 돋는 꽃들 잎들

오래된 베개 속에서 하나씩 밖으로 새털이 빠져나가듯
내 몸의 구멍이란 모든 구멍에서 매일 하나 둘 새털들
이 비어져 나온다

Birds' Knees

With beaks gathered like the two hands of a fetus
praying in a womb,
　Birds rap the earth and walk on their knees.
　Their knees are always grazed.
　From their grazed knees, a sunset flows out.
　The birds return to the sunset after staying away
from it for a day.

　From the knees of birds, feet sprouted.
　Birds have evolved over a long time to keep their
shins, which tend to break off in a storm.
　In the end, their thin legs that were broken off be-
came tree branches.
　And flowers and leaves sprout from their joints,

　As feathers that escape from old pillows, one after
another,
　Feathers stick out from all the holes in my body, one
after another, every day.
　And my body becomes smaller and smaller and

내 몸은 점점 작아지며 주름져간다

　새들의 무릎에는 향 연기보다 가늘어 보이지도 않는
실 한 가닥이 묶여 있다
　새들의 일과 : 지구 둘레를 선회하는 것은
　검은 밤고양이가 실뭉치처럼 가지고 놀던 지구를 다
풀어내는 일
　얽히고설킨 실뭉치인 지구를 풀어 그동안 죽은 고아
들이 덮을 이불을 짜는 일
　오늘 죽은 아이들을 덮을 새털보다 가볍고 따뜻한 이
불의 무게
　아이들의 영혼이 사흘간만 날아가지 않도록 붙들어
놓을 수 있는
　정확히 그 정도 무게의 이불을 매일매일 짜는 일

　일과를 마친 새들이 퇴근한 자리
　바닥에 떨어진 실밥 같은 붉고 노란 꽃들
　새들의 무릎에 든 멍자국 같은 푸른 잎사귀들

more and more wrinkled.

A thread is tied to the knees of the birds—a thread too thin to be visible.

The birds' daily routine: to circle the earth;

For a black night-cat to completely unravel the earth that it was playing with like a ball of yarn;

For it to disentangle the tangled ball-of-yarn earth and weave a blanket to cover orphans who meanwhile died with the yarn;

And to weave a blanket every day, a warm blanket lighter than feathers,

A blanket with the exact weight for covering the children who died today,

A weight that can press down their souls for just three days, so they won't fly away.

On the spot where the birds left, after a day's work, remain:

Red and yellow flowers like threads that have fallen on the floor,

Blue leaves like bruises on the knees of the birds.

창문들의 소용돌이

공중이 소용돌이친다
공중이 지문에서 소용돌이치다 손금으로 뒤엉킨다
창 너머 나뭇잎들이 소용돌이친다
누군가를 만나러 가기 직전에 내 모습을 비춰보던 창
문들을 한데 모아 놓으면 텅텅 빈 공중

창문들이 소용돌이친다
세상의 창문들을 다 떼어와 한데 모아 겹쳐 놓으면,
캄캄한 땅속

지난 백년간 죽은 아이들이, 그동안 또박또박 쓴 일기
장 같은 제 창문을 모두 제출한다
지구보다 커다랗게 쌓인 창문들

지구상에 가장 슬프고 가난한 사람들의 식탁이 파노
라마로 촬영된 창문
밤마다 그 창문들에서 가져올 수 있는 것들

Vortex of Windows

The midair swirls.

The midair swirls in your fingerprints and gets tangled into the lines of your palm.

Outside the window, tree leaves swirl.

Windows on which I checked my appearance before going out to meet someone—when you gather together all of these windows, it is an empty midair.

Windows swirl.

The windows of the world—when you gather them all, and pile them up, you get a dark underground.

Children who have died in the past hundred years submit their windows like all their daily journals.

Windows pile up so enormously that they make a pile larger than the earth.

Windows showing tables of the saddest and poorest people on the earth, filmed like a panorama,

Things you can take from those windows every night.

한밤에 창문을 열고 발을 내디딘다, 살금살금 저 끝의 창문까지

　이 창문에서 저 창문까지 소용돌이 속 긴 터널을 통과한다

　그 사이의 창문이 한 장이라도 깨질까봐, 말 한마디의 무게라도 줄이려

　아는 이름들을 입 밖으로 꺼내며 걸어간다

　맨 끝 누군가의 창가까지 무사히 걸어가서,

　창문 위에 실금처럼 묻은 긴 머리카락 한 올을 집어 올린다

　오늘 누군가의 손을 빠져나온 생명선같이 창문에 새겨진 머리카락을 떼어낸다

　창문에 입김을 불면 나타나는 이름을 깨끗이 지운다

　누군가의 기일이 가장 많은 밤에

　창문들에서 가져올 수 있는 것들이 인구수만큼 많지만

　나는 불시에 맨 끝 창문 속에 쑥 손을 넣어, 그림자처럼 유리에 기대 서 있는 누군가의 손을 잡았다

　그는 자신이 이제 거기 없다고 생각했겠지만

At midnight, I open a window and step out. Quietly, toward the very last window,

I pass through a long tunnel inside a vortex, from one window to another.

Lest a window should break, in order to lessen the weight of even a single word,

I walk while removing familiar names from my mouth.

At the end, after walking to and safely arriving at someone's window,

I pick up a long strand of hair like a fine crack from the window.

I peel off the hair etched in the window, like a life-line that escaped from someone's palm today.

I completely wipe away the name that appears under my breath in the window.

On the night containing the most anniversaries of people's deaths,

Although there were as many things as the number of populations that you could get from the windows,

I pushed my hand abruptly into the last window and held hands with someone who was leaning on the window like a shadow.

화들짝 놀란 그는

열린 창문을 굳게 닫듯 빠르고 단호하게

닫힌 창문을 열어젖혔다

나는 열린 창문에서 손을 뺄 수 없다

그에게 돌려주려던 생명선처럼 가는 머리카락이, 둘

사이에 도화선처럼 타들어가고 있다

그해 겨울 눈 오는 창문들을 한데 붙여 놓으면 백지

그해 겨울 서리 낀 창문들을 한데 기워 놓으면 이불

오늘밤 나는 서리 낀 백지를 덮고 잠들기 전에

눈 오는 이불에 누군가의 일기를 또박또박 대신 쓴다

누군가를 못 만나고 되돌아가는 내 뒷모습이 담긴

무수한 창문들을 한데 모아 놓으면,

누군가의 불 꺼진 창문

Although he might have thought that he was no longer there.

Surprised, he
Opened wide his window that was closed—
As quickly and decisively as firmly closing an open window.
I cannot take my hand out of the open window.
The hair as thin as a lifeline that I meant to return to him is burning like a fuse between us.

That winter, windows on a snowy day, joined together, became a piece of clean paper.
That winter, windows on a snowy day, pieced together, became a blanket.

Tonight, before covering myself with a frosted piece of white paper and falling asleep,
I write in a diary surely over the snowy blanket on someone else's behalf.

Numerous windows reflect my back that is returning without meeting someone—once they are gathered, they become someone's darkened window.

리듬 1

　먼동이 튼다
　검은 카디건의 환한 주머니 속으로 진입한 여객기는
여태 행방불명이다
　주머니 깊숙한 곳이 세계의 끝으로 뚫려 있는 것이 분
명하다
　아니면 주머니 속의 거대한 손이 장난감처럼 낚아채
갔거나

　차마 돌아서지 못하고 너의 등을 보고 있다가 그만 뒤
돌아서는 순간
　보이지 않을 만큼 멀어지던 네가 문득 돌아선다
　바로 다시 내가 되돌아보는 순간, 다시 너는 뒤돌아서
간다
　멀어진다 멀어진다

　아무도 부르지 않았는데
　걸어가다가 불현듯 뒤돌아보게 되는 순간의 리듬

Rhythm 1

Dawn is breaking far away.

The airplane that entered the bright pocket of a black cardigan is still missing.

The bottom of the pocket must be cracked and open toward the end of the world.

Or an enormous hand inside the pocket might have snatched it like a toy.

The moment I turn around, after watching your back for a while, unwilling to turn around,

You, who have been receding, becoming almost invisible, suddenly turn around.

And, when again I immediately turn around, you again turn around and continue walking.

You recede and disappear.

The rhythm of the moment when you suddenly decide to turn around,

Although no one has called you—

The roads on which I walked with my hand in your

너의 주머니에 손을 넣고 걸었던 길들이, 차갑고 거대한 잠의 파도로 높고 낮게 너울져 밀려온다

저 주머니 속에 내가 아는 죽은 사람들의 이름표가 다 들어 있다
내 손이 닿을 듯 닿지 않는 곳,
팔목 하나가 겨우 들어갈 정도로 작고 환한 주머니가 하늘에 떠 있다

나는 쌀쌀한 이 가을밤을 늘어진 카디건처럼 걸치고 있다
떨어진 나뭇잎이 있던 자리에 구멍이 뻥 뚫렸다
떨어진 나뭇잎이 있던 자리에 달이 환히 뚫렸다
내가 입은 구멍 난 카디건은 너무 커서, 카디건만 공중에 고요히 떠 있는 것처럼 보인다
그렇다고 내가 죽거나 사라진 것은 아닌 것이다

수백 명의 잠을 과적한 여객기가 지퍼처럼 산 너머로 하강한다
오늘밤의 주머니가 끝까지 잠긴다

pocket, like waves of cold and enormous sleep, flood in, undulating.

In that pocket, there are the nameplates of all the dead I knew.

In a place where I cannot reach, although I feel like I can,

A bright pocket as small as to barely accommodate a wrist is floating in the sky.

I am wearing this chilly autumn night like a sagging cardigan.

There is a large hole on the spot where there was a fallen leaf.

There is a bright moon on the spot where there was a fallen leaf.

The cardigan with a hole in it that I am wearing is so big it looks like it is quietly floating in midair, alone.

Nevertheless, I neither died nor disappeared.

An airplane burdened with the sleep of hundreds of people descends over the mountain, like a zipper.

너의 주머니에 넣었던 내 손을 뺄 수 없다

곁에 없는 너를 대신해서 밤새 뒤척이다가
빠져나온 구겨진 이불에는 네가 앓던 불면의 리듬이
흐른다

The pocket of tonight is submerged entirely.

I cannot take out the hand that I put into your pocket.

The rhythm of insomnia you were suffering from
was flowing down the wrinkled blanket that I got out
from under,

After tossing and turning all night instead of you
who are not beside me.

리듬 2

몸을 가누지 못하는 사람을, 항상 돌아보게 된다
몸을 가누지 못하며 일어서다 넘어지는 사람의 몸에
스며들어 흐르는 리듬
들썩이는 양어깨와 입술의 리듬
중력의 연주가 흐르는 곳을, 항상 돌아보게 된다

한 사람의 몸은 하나의 건반이다
오늘도 더 이상 소리 내지 못하는 건반 하나를 관처럼
땅속에 묻었다
이제 없는 사람과 작별하고 돌아서는 발걸음
사라질 듯 멀어지다 불현듯 다시 되돌아오는 순간의
예측 불가한 리듬
없는 사람을 와락 끌어안는 순간의 리듬

누군가가 이제 여기 없는 이름을 부른다
내가 아는 이름이 아닌 줄 알면서도 급히 돌아보다가
넘어진다
중력이 꾹 누른 건반같이

Rhythm 2

I always tend to turn around to look at a person who cannot steady himself.

I always tend to turn around to look at the place where there exists the concert of gravity,

The rhythm that penetrates and courses through the body of someone who cannot steady himself and falls down while trying to stand up,

And the rhythm of rising and falling shoulders and lips.

A person's body is a keyboard.

Today, again, I buried a keyboard underground, one that can no longer make sound, like a coffin.

Footsteps turning around after saying good-bye to a person who is no longer here;

The unpredictable rhythm of the moment of sudden return in the middle of receding and almost disappearing;

The rhythm of the moment when I abruptly hug a person who is no longer here.

Someone calls a name that is no longer here.

I fall while hurriedly turning around, although I know that the name is not the name I know,

Like the keyboard firmly pressed down by gravity.

인기척

　지구상에 사람이 처음 죽은 그날부터 떨어진 빗방울들이, 차례로 사람으로 태어나다. 그 사람들이 살아가며 일생 흘린 눈물이 공기 중에 스며들어 구름이 되다. 새벽에 창문에 빗방울이 떨어지는 소리를 듣고 사람들이 인기척에 잠을 깨다.

　사람이 처음 죽은 그날부터 오늘까지 차례로 죽은 사람들이 길섶의 풀이 되고, 꽃이 되고, 나무가 되고 결국 다시 빗방울이 되다. 아무도 없는데, 빗방울 때문에 나무가 흔들리다. 아무도 없는데, 풀이 눕다, 꽃잎이 떨어지다, 나뭇가지가 부러지고, 새들과 곤충들이 사방에서 기어 나와, 인기척에 사방으로 튀어 오르다. 새벽에 창문에 서리가 내려앉는 소리를 듣고 사람들이 인기척에 눈을 뜨다.

　아무도 없는데, 사랑했던 누구도 이제 여기에 없는데 인기척만 고막이 터질 듯 가득하다. 빗소리만 가득하

Sensing the Presence of Someone

Raindrops that began to fall ever since the day a human being died for the first time have been born as human beings one after another. Teardrops that those people shed throughout their lives permeate the air and become clouds. At the sound of raindrops dripping on the windows at dawn, people wake up, sensing the presence of someone.

People who have died one after another, from the day when a human being died for the first time until today, become grass on the roadside, flowers, trees, and, in the end, raindrops. Although there's nobody around, trees shake because of raindrops. Although there's nobody around, grass lies down, flower petals drop, tree branches break, birds and insects crawl out from everywhere and jump, sensing the presence of someone. At the sound of frost descending on the window at dawn, people open their eyes, sensing a presence.

Although there's no one around, although the person I loved is no longer around, only the presence of someone is so brimming that it feels like it is burst-

다. 시계 속에는 뜨거운 흰죽이 여태 끓는다. 바람에 온몸이 젖었을 누군가를 위해 시침과 분침은 흰죽을 한시도 멈추지 않고 천천히 젓는다. 누군가는 없고 누군가의 인기척인 빗소리만 가득한 이곳에서.

그만 생을 마치려는 새들이 날아와 수도 없이 부딪쳐 죽은 무지개가 있다. 창문처럼 닫힌 무지개를 한쪽 끝으로 젖히며 누가 온다. 누군가가 일생 동안 흘린 모든 표정을 담을 수 있는 빈 얼굴. 한 방울의 표정도 없는 백자처럼 새하얀 얼굴을 하고 누가, 없는 누군가를 만나러 오고 있다.

아무도 없는 이곳으로.
비 오는 이곳에서 일생 머문 누군가는 가고 없고
인기척만 우산도 없이 우두커니 서서 기다리고 있는
빗속으로
만난 적도 없는데 이미 없는
누군가를 만나러, 누가 또 오고 있다.

ing my eardrum. Only the sound of rain is brimming. Inside the clock, hot rice porridge is still boiling. For the sake of someone whose whole body must have been wet because of the winds, the hour hand and the minute hand slowly stir the white rice porridge without stopping—here, where the person is no longer around, but is full of the sound of rain that is the presence of someone.

There is a rainbow into which countless birds who wanted to finish their lives flew and died. Throwing open the end of a rainbow, closed like a window, a person is coming. A blank face that can contain all expressions that a person spilled during their entire life. With a snow-white face, like porcelain, without a single drop of expression, a person is coming to see someone who is not here.

To here where there is no one,
Through the rain where only the presence of someone is waiting absentmindedly without an umbrella
While the person who had stayed here for his entire life, where it was raining, is gone,
Yet another person is coming, in order to meet a person who has already gone, although they haven't yet met.

투명의 경계

　너와 내가 만나고 손잡으려면 결국 투명의 경계를 넘어야 한다
　길목을 돌거나 담을 뛰어넘거나 문을 열고 들어서는 순간
　네가 보이는 그 순간, 반드시 너와 나 사이에 투명의 경계가 가로놓인다
　점점 투명의 경계는 두껍고 견고해진다

　투명의 경계를 도무지 내 힘으로 뚫고 갈 수 없게 된,
　오늘 아침 눈떴는데 내가 보이지 않는다
　내 손도, 발도 보이지 않는다
　거울 속의 내 얼굴도, 거울도 보이지 않는다
　이제 보이지 않는 나를 보고 있는 나마저 보이지 않는다
　암전
　한없이 투명해지면 칠흑 같은 우주처럼 암전
　다행이다, 나는 다시 처음으로 돌아간다
　그동안 너와의 일들이 모두 다 암전

Transparent Boundary

For you and me to meet and hold hands, we have to cross over the transparent boundary in the end.

The moment when I turn around a corner, climb over a wall, or open a door and enter somewhere,

The moment when I see you, there is always a transparent boundary between you and me.

The transparent boundary becomes gradually thicker and firmer.

This morning when I find myself no longer able to penetrate the transparent boundary no matter how hard I try

When I open my eyes, I cannot see myself.

I cannot see my hands, nor my feet.

I cannot see my face in the mirror, nor the mirror.

Now, I can no longer see even myself seeing myself.

A dark change,

A dark change like the pitch-black universe, if you become infinitely transparent:

Fortunately, I return to the beginning.

A dark change to all things between you and me

아파트단지, 출근길에 사람들의 검은 머리통이 곰팡이같이 피어오른다

세계는 원래 투명하다

백지보다 투명해서 아무것도 기록할 수 없다

죽은 사람, 산 사람들은 투명의 경계를 두고 세계를 절반씩 점유하고 있다

산 사람에게 죽은 사람은 투명인간이듯, 그 반대도 마찬가지다

첫 죽은 사람이 탄생하는 순간, 투명의 경계가 생기고 세계가 온통 눈앞에 드러났다

투명의 경계가 합체되는 순간, 온 세계는 다시 투명해질 것이다

지구는 비로소 투명해질 것이다

그러나 45억 년간 실패한 일이다

어떤 기억 때문에, 저편 세상에도 어느 집 앞으로 매일 찾아오던 누군가가

오늘은 뒤돌아서다 불현듯 되돌아와 돌을 주워 던진다

쩍 하고 투명한 공중이 깨진다

until now.

From an apartment complex, people's black heads spread out like mold on their way to work.

The world is originally transparent.

Nothing can be written on it because it's more transparent than blank paper.

The dead and the living occupy half of the world each across a transparent boundary.

The dead are transparent to the living, and vice versa.

The moment the first dead was born, a transparent boundary appeared and all the world was revealed.

The moment the transparent boundary is incorporated, the world will become transparent again.

The earth will finally become transparent.

However, we have failed in this for 4.5 billion years.

Today, a person who has shown up every day in front of a certain house in the other world because of a certain memory abruptly comes back, in the middle of turning around and picks up and throws a rock.

Crack! The transparent air is broken.

어느새 새 한 마리가 날아온 돌멩이처럼 공중에 박힌다

바람도 없는데, 깨진 공중에 간 금처럼 나뭇가지가 흔
들린다

그날의 노을,

기억이란

투명의 경계가 허물어진 일들에 대한 기록이다

A bird has suddenly flown in and is stuck in the air like a thrown rock.

Tree branches are shaking like a crack in the air, although there's no wind.

That day's glow of the setting sun,

Memory is the record of the events where a transparent boundary was broken.

그늘진 마음

밤새 빚은 오늘의 달항아리 하나도 바닥에 던져져 박살났다

바닥에 엎드려 살펴보면, 염천의 짙은 나무 그늘 속에 깊이 박혀 있는 무수한 사금파리가 보인다, 서리처럼 낀 햇빛이 보인다

그 그늘은, 이 거리에 강제 이주해와 일생을 보낸 가로수의 그늘진 마음

들고 있기 너무 무거워 바닥에 부려진 나무의 마음

무정형 선명한 문양의 마음

지문이나 얼굴같이 나무마다 달라서, 저마다 알 수 없이 선명한 형태의 그늘

어느 날 늘 걷던 길을 걷다가

어느 나무 그늘 밑으로 들어서는 순간이었다

폭염 속에 결승선을 통과한 마지막 주자처럼 바닥에 주저앉은 내게,

잘 있어, 나무가 마지막 인사라며 말을 건넸다

Overshadowed Mind

A moon jar made overnight was thrown onto the ground and shattered.

When you lie on your stomach and look, you can see numerous broken pieces of the jar stuck deep in the dark shade made by a tree in a boiling hot day, you can see the sunlight hanging like frost.

That shade is the overshadowed mind of the tree that came to this street on a forced migration,

The mind of the tree unloaded to the ground, because it was too heavy to be held up,

The mind with an amorphous and clear pattern,

The shade with a clear and unknown form, as every tree has a different form like a fingerprint or a face.

One day, while walking on the street I usually take,

The moment when I entered the shade under a tree,

To me who dropped down on the ground like a runner immediately after crossing the finish line in a sweltering heat,

Good-bye, the tree said as its last greeting.

이 그늘은 네게 건네는 나의 손차양이야

이 그늘은 내가 죽도록 서 있을 수 있게, 땅을 짚어 나를 지탱하는 손바닥들이야

그 많은 손들로 일생 지구를 움켜쥐려 했어

단 하루 만에 줄곧 실패할 것을 알고도, 오늘까지도 실패한 마음의 그늘 속에 난 살았어

염천의 그날 그 나무는 목숨을 내려 놓고도, 이듬해 봄까지 그 자리에 서 있었다

다 떨어진 나뭇잎, 바닥을 짚고 버티던 그늘도 걷혔으나

그 자리 그대로 서 있는 죽은 나무에 유일하게 여태 깃든 그늘진 마음

그 마음은, 차갑게 식어버린 물이 가득한 욕조 같다

죽은 나무를 올려다보면, 우듬지 부근 잔가지들이 욕조에 달라붙은 머리카락 같다

폭염에 초록의 욕조 속에 둘이 몸을 담그고 있던 시간들

누군가의 생각 속에, 마음속에 밤새 잠겨 있던 시간들

나무 그늘은 백 년간이나 알 수 없던 이 나무의 마음

This shade is a visor I made for you.

This shade is my palms that have supported me, to stand until the moment I die.

I tried to grab the earth with these many hands my entire life.

After just one day, I dropped down in the shade of a mind that has known that it would fail all along and has failed today as well.

The tree stood at the same place until the next spring, even after it lost its life on that day of boiling heat.

Even without any leaves, even after the shade that held onto the ground was lifted,

The overshadowed mind, the only thing that remains with the dead tree that stands as usual in the same place,

That mind is like a bathtub full of water that has completely cooled down.

Looking up at the dead tree, I find the small branches around the treetop look like strands of hair stuck to a bathtub.

The time when the two of us were dipping our bod-

일까

  나무 그늘은 사막을 걷던 이 나무가 쓰러지기 직전 발견한 오아시스일까

  나무 그늘은 나무가 본 신기루일까

  나무의

  그늘. 오아시스. 마음. 신기루.

  낙엽처럼 떨어지고, 둥글게 말라 구부러지고, 걸을 때마다 밟히고 발길에 차이는 낱말들

  폭염 속에 길을 걷던 나무가 제 그늘 밑으로 쓰러지듯 주저앉는다

ies into the green bathtub in a blistering heat,

The time when I was submerged in my mind in the thought of someone overnight—

Would the shade be the mind of this tree unknown for a hundred years?

Would the shade be the oasis that this tree found just before it fell down after a long march in a desert?

Would the shade be the mirage the tree saw?

Shade. Oasis. Mind. Mirage.

Words that fall, dry and curled up, and trampled on and kicked by any and every foot, like leaves,

In the middle of walking in the scorching heat, the tree falls down under its own shade.

오늘 푸른 저녁[1]

수십 년간 이 도시를 한 발자국도 벗어나지 못했으니
이상하기도 하지, 이제야 나는 거리의
나무가 되어
처음 보는 오늘 저녁을 걷고
있는 것이다

이상하기도 하지, 오늘 저녁을
처음 보는 건 당연한데, 이상하게 생각 드는 것이
이상한 나는 나무가 되어 불현듯 어리둥절하게 멈춰 서
있는 것이다

이상하기도 하지, 검은 외투를 입은 나무가 되니
오늘 저녁이, 처음 만난 사람같이
나를 투명하게 통과해간다

나는 오늘 그 자리에 한 발자국도 꼼짝 않고 있었는데

---

1 시인 기형도 헌정시.

This Blue Evening[1]

I haven't stepped even a foot out of this city for de-
cades—
How strange it is that I have finally become
A tree on the street
And am walking
This evening that I see for the first time.

How strange it is that, although it is natural
That I see this evening for the first time, I find it strange.
As a tree, I, feeling strange,
Stand still, suddenly bewildered.

How strange it is that, as I am a tree clad in a black coat,
This evening, like a person that I met for the first time,
Passes transparently through me.

Although I have been standing in the same spot with-
out taking a single step today,
Every day, today, like a person that I met for the first
time,

1 Dedicated to the late poet Gi Hyeong-do

매일 오늘이, 오늘 만난 사람같이

나를 투명하게 통과해간다

나는 오늘 여기 그대로 서 있었는데

이상하기도 하지, 매일 나를 통과해간 오늘 저녁들 때
문에

컨베이어 벨트 위에 올려진 듯

내가 쉼 없이 움직이고 있었다는 것이

오늘 저녁이, 나를 투명하게 통과해가는 줄만 알았는데

계절마다, 내 몸에 나뭇잎 하나씩 달아주고 갔다는 것을

(내가, 저녁의 날개깃 속에서 나뭇잎 하나씩 훔쳐왔다는 것을)

내 몸에서 눈치채지 못하게 나뭇잎 하나씩 훔쳐갔다
는 것을

(내가, 저녁 속으로 나뭇잎 하나씩 버리고 왔다는 것을)

내게서 새 한 마리씩 **뺏어**갔다는 것을

(내가, 저녁에게 새 한 마리씩 내맡겼다는 것을)

이미 늦은, 예감처럼 알았다

검은 건물 속에서 매일 보는 사람들이 처음 보는 사람
들같이

까맣게 번져 나오는 이상한 시간

Passes through me transparently.

Although I have been standing here all day long,

How strange it is that because of all of these evenings that have passed through me everyday

I have been continuously moving

As if I had been put on a conveyer belt.

Although I thought that this evening was transparently passing through me,

I came to know, like a premonition, already too late,

That it went away after attaching a leaf to my body every season

(That I have been stealing a leaf from the feathers of the wings of the evening),

That it has been stealing a leaf from my body while I was unaware

(That I have come away after throwing away a leaf into the evening),

That it has taken a bird from me

(That I have entrusted a bird to the evening).

A strange time when, out of a black building,

People who see each other every day spread out in black, as if they have never seen each other,

A time that can be called only by feeling or premonition—

느낌 혹은 예감으로만 부를 수 있는 시간
속을 나는 걷고 있는 것이다, 검고
마른 새들이 개들처럼 짖는 거리를
죽은 주인이 부르니 한달음에 쫓아가고 없는 텅 빈 새
들의 거리를

이상하기도 하지, 사람들은 왜
가벼운 구름처럼 통과해버릴 듯 태연히 내게 걸어와
부딪히고 기울어지는가

이상하기도 하지, 오늘도
아무도 없는 곳으로
아무렇지 않게 걸어가는 일이 가능하다는 것이

검은 외투를 입은 나무가 되어
벗어나지 못할 궤도로 도시를 도는
컨베이어 벨트 같은 가로수 길을
습관처럼 한참을 걷고 있는데 어느덧
오늘 푸른 저녁, 세상은 정전된 공장같이
홀연히 정지.

I'm walking in that time, on the street

Where black and skinny birds bark like dogs,

On the empty street of birds who have quickly gone

when their dead owners called.

How strange it is—why do people

Calmly approach me as if they'd pass through me

like light clouds,

And bump into and lean into me?

How strange it is that today, as well,

It is possible to walk toward where there is no one

As if it's nothing.

While, as a tree, clad in a black coat,

Continuing to walk as usual

In a tree-lined street, like the conveyer belt

Of an inescapable track, circling around the city—in

no time,

Blue evening of today; the world, like a factory in a

black-out,

Suddenly stops.

백지 위로 흰 돌을 던지면

　백지 위로 흰 돌을 던지면 퐁당퐁당

　달이 열다섯 번쯤 튀어 올랐다가 깊은 수심 속으로 떨어진다

　백지 위로 흰 돌을 던지면 지구 반대편까지 가라앉는다

　지구 반대편 가난한 골목 문밖으로 몰래 나온 아이의 맨발에 밟힌다

　백지 위로 흰 돌을 던지면

　은도끼에 밑동 잘린 나무의 나이테 문양으로 파문이 일어난다

　백지들은 한 장 한 장 물결지어 흘러가고 흘러가고

　가끔 흰 돌에 맞아 기절한 물고기가 시어(詩語)로 창백하게 떠오른다

　자 다 같이 옆에 있는 흰 돌을 들어 백지 위로 동시에 던지면

　잠깬 상처투성이 은어 떼가 활자들로 까맣게 일어나

When You Throw a White Pebble onto a Piece of Blank Paper

When you throw a white pebble onto a piece of blank
paper, with a splash,

The moon bounces up about fifteen times and then
falls into the depth of the water.

When you throw a white pebble onto a piece of blank
paper, it sinks to the other side of the earth,

And then is stepped on by the naked feet of the chil-
dren who sneak out into the poverty-stricken alley.

When you throw a white pebble onto a piece of blank
paper,

Ripples rise like the growth rings of a tree cut down
at its bottom with a silver ax.

Piece by piece, the blank paper flows down and down,
like waves,

And occasionally fish fallen in a faint, after being hit
by the pebble, float up pallidly, like a poem.

Now, when we pick up and throw a pebble next to us
onto a piece of blank paper,

A school of silvery fish awoken out of sleep and

물결지어 쉼 없이 밀려오는 페이지를 거슬러 오른다

우리가 집으로 돌아와 서로를 걱정하게 된 첫 순간까

지, 거슬러 오른다

covered with cuts and bruises rises up in black like letters,

And goes upstream against the pages continuing to flood down,

Until the first moment when we come home and worry about one another.

시인노트
Poet's Note

POET

예전에 고작 쉰두 편의 시가 수록된 첫 시집을 손에 든 채 나는 진지하게 깊은 고심에 빠졌었다.

더 이상 시로 쓸 게 남았는지 확신할 수 없었다.

이번 책이 다섯 번째 출간하는 시집이다.

매번 그랬듯 나는 또다시 걱정에 빠질 것이다.

더 쓸 게 있는가, 그보다도 더 쓰고 싶은 게 있을까.

없는 거 같은데…… 없을 거 같은데……

아무리 털어도 몸에 달라붙는 바람 같은 허무, 의문, 걱정.

그저 매 순간 내가 사람들 속에 살아 있다는 것.

그것 한 가지만 인식하면 끌어안고 갈 만한 걱정이란 걸 이제 난 알고 있다.

그리고 한 가지 더 난 알고 있다.

죽은 이가 자신이 죽었다는 것을 자주 잊듯,

'매 순간' 내가 '살아 있다는 것'을 '인식'하는 건 그리 쉬운 일이 아니라는 것을.

Some years ago, I felt sincerely worried, after receiving and holding in my hand the first book of my poems, containing just 52 works.

I could not be sure that I had any more poems in me.

This is my fifth book of poems.

As usual, I'll worry:

Will I have more to write? Rather, will there be more I want to write?

It seems I don't···. It seems I won't.···

Futility, doubts, and worries stick to my body, no matter how hard I try to shake them off.

But now I know my worries are those I can embrace, while persisting, as long as I am aware

That I am alive among people every moment:

And I know one more thing:

That, as the dead often forget they are dead,

It is not easy to be aware every moment that I am alive.

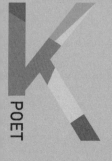

내가 쓴 시는
누가 쓴 시일까

1. 나라는 존재는 나만의 존재인가

　나는 내가 왜 시를 쓰게 되었는지 여태 시를 쓰고 있는지 모르겠다. 문학에 문외한이었던 스무 살 때 우연히 시집을 읽었던 일을 비롯해 몇 가지 기억을 떠올릴수 있지만 글쎄, 과연 그것이 진짜 이유일까. 시작은 얼떨결에 했더라도, 여태 시를 쓰고 있는 이유는 어떻게 설명할 것인가. 이제 시를 쓰는 일은 주위의 무관심을 견뎌야 하는 일이고, 그래서 무용한 일이고, 그러므로 내 존재를 한없이 자유롭게 해주는 일이라는 것에서 이유를 찾을 수도 있겠다. 요컨대 내가 시를 쓰는 가장 큰 이유를 하나의 의문 속에서 찾을 수 있다. 나라는 존재는 나만의 존재인가? 나라는 존재는 나만의 것이 아닐 수도 있는데, 나는 내 존재를 너무나 악착같이 붙잡고 놓아주지 않고 독점하려고 하지는 않았나, 하는 상념에서 시는 나를 해방시켜 준다.

나와 아무런 유전자도 나누지 않은 또 다른 내가 세상 곳곳에 짧게는 하루에서 길게는 수십 년쯤의 시간차를 두고 먼저 혹은 늦게 태어나 살고 있지는 않나, 라는 엉뚱한 생각을 하게 된 것은 내가 아주 어렸을 때 겪었던 설명하기 힘든 강렬한 사건 때문이다. 그건 그저 한 시절 자주 꿨던 꿈에 대한 이야기지만, 내게는 그저 꿈으로 치부할 수 없는 어떤 확신을 각인시켰다. 나라는 존재는 나만의 존재인가? 라는 내 오랜 의문의 시작. 지금의 나와 전혀 다른 삶을 살고 있는 내가 있는데, 나는 그저 모르는 타인이라고 생각하지 않았을까. 또 다른 내가, 수십 미터 망루에 올라 일 년이 훌쩍 넘도록 고공농성을 하는 깡마른 노동자이거나 혹은 내가 어렸을 때 직접 만났던 그 뱃사람일 수 있다는 예감들이 내게 시를 쓰는 동인이 된다. 내가 어린아이였던 시절 한동안 밤마다 나를 찾아왔던 뱃사람의 이야기는 이렇다.

2. 나를 먼저 살다 간 사람

지금도 나는 물을 무서워하고 수영을 못한다. 그럼에도 어렸을 때부터 무엇이 되고 싶냐는 물음에 어김없이 배를 탈 거라고 대답하곤 했다. 무엇이 되는 건 중요치 않았다. 배를 타는 게 중요했다. "무슨 배?" "먼바다로 나가는 배." "해적선이라도 타겠다는 거야?" 친구는 대단한 농담이라도 던진 듯 배꼽을 잡았다. "그 배가 먼바다로 나간다면!" 물론 나는 뱃사람이 되지 않았다.

백주에 길을 걷다 보면, 공중이 난파선처럼 뒤집어질 때가 있었다. 뒤이어 커다란 파도처럼 멀미가 나를 덮쳤고 어린 나는 종종 그 자리에 풀썩 주저앉곤 했다. 그럴 때면 나는 생각했다. 그가 나를 대신해 지금 먼바다로 나가는 중이구나. 나는 그것을 예감이라고 불렀다. 시나브로 그 예감은 믿음이 되었다. 그가 참다랑어를 갑판 밑에 가득 채워 먼바다에서 돌아오고 있구나.

내가 열두 살 때의 일이다. 당시에 그는 적어도 이미 쉰이 넘은 사내였으며, 진종일 진청색의 거친 바다를 떠돌다가 새벽이면 수염에 갯바람을 잔뜩 묻힌 채 내가 잠든 방 문지방에 배를 댔다. 그리고 달빛이 방 한쪽에 만든 창 그림자를 작은 쪽문처럼 빼꼼히 열고 들어와 나를 한참 내려다봤다. 내 이마를 짚어보고, 코끝에 손가락을 대고 숨결을 느껴보기도 하며, 과감하게도 어떤 날은 내 어깨를 살짝 흔들기도 했다. 사실 그 순간 나는 이미 깨어 있었으나 잠자코 눈을 감고 있었다. 왠지 그의 얼굴을 대면할 용기가 생기지 않았다. 그는 도통 한마디 말도 없었고 그래서 목소리도 전혀 기억에 없지만, 이상하게도 그가 내게 전달한 몇 마디의 소소한 말들은 비교적 선명하다.

"꿈속의 네가 누군지 궁금해서 견딜 수 없다. 네 방은 내가 온 바다보다 훨씬 깊구나. 오늘은 참다랑어의 날카로운 이빨에 팔뚝이 좀 패었다. 어제는 풍랑 속에서 억센 그물과 사투를 벌이는 사이 새끼손가락이 순식간에 어디론가 달아났다" 따위의 이야기들.

그리고 그는 다시 나를 방문하지 않았다. 나는 그를 이해했고, 이렇게 생각했다. 그가 나를 대신해 아주아주 먼바다로 나가는 중이구나.

"어젯밤 아빠 꿈을 꿨어요." 할머니에게 말했다. 그

말을 듣고 가엾었는지 할머니는 내게 천 원이나 주셨다. 처음에는 그가 내 꿈속으로 찾아오는 아버지인 줄 알았다. 당시 아버지는 먼 이국의 건설 현장에서 귀국 없이 꼬박 3년을 머물고 있었다. 비행기 삯도 아껴 하루 빨리 작은 아파트라도 한 채 장만하기 위해서였다. 아버지가 아니라면, 외할아버지라고 생각했다. 열두 살 무렵까지 나는 외가에 의탁되어 있었다. 방과 후 마당 평상에 앉아 외할머니의 말벗을 하며, 개미를 잡거나 완벽한 정사각형으로 딱지를 접으며 시간을 보냈다. 나도 어린 나이였으므로 나보다 두 살이나 아래인 여동생은 같이 어울리기에는 아무래도 너무 어렸다. 나는 외조부모 사이에서, 백주부터 어두컴컴한 부엌 안에 숨어든 고양이처럼 조용히 나이를 훔쳐 먹었다. 열두 살의 나는 새벽에 오줌이 마려워 일어날 때마다, 한 번씩 할머니의 가슴에 가만히 귀를 대보곤 했다. 굳이 알려주는 이는 없었으나, 그즈음 나는 시나브로 죽음의 질감을 감각하기 시작했다.

결론부터 말하자면 그는 아버지도 할아버지도 아니었다. 내 유년의 한 계절 밤마다 조우했던 중년의 뱃사람. 잠든 내 이마 위로 가만히 올려지던 그의 젖은 손.
나는 그 손의 형상과 감촉을 생생히 기억한다. 마치 절
단된 자신의 손을 주워 든 것처럼, 무척 낯익으면서도
어딘지 모르게 등골이 서늘하도록 낯선 손. 그 억센 손
의 묵직한 온기. 어쩌면 일이 이렇게 된 게 아닐까. 밤
마다 나는 그를 엿보았고, 그는 나를 몽유병자처럼 찾
아왔으며, 서로 그것을 꿈이라고 치부해버렸을 것이다.
만약 그가 존재했던 공간이 내게는 꿈이라면, 내가 존
재하는 이 현실의 공간 역시 그에게는 꿈의 공간이어야
하지 않을까. 아무튼 1988년 서울올림픽이 한창이던
어느 달뜬 밤을 마지막으로 그는 더 이상 찾아오지 않
았다. 나는 곧 그를 잊었다. 당연하지 않은가? 그건 그
저 꿈이었으니까.

그리고 서른 살이 되던 정월에 나는 무척이나 기이한
꿈을 꾸었다. 첫 시집 원고를 정리하다가 깜박 잠든 밤
이었다. 전후 맥락도 없이 나는 누군가의 손을 부여잡
고 서럽게 흐느끼고 있었다. 나는 대번에 그의 손을 알
아봤다. 동시에 그가 임종을 앞두고 있다는 강한 확신
이 들었다. 공간은 온통 하얗게 지워져 있었고, 눈앞에

보이는 건 손가락이 네 개뿐인 그의 거친 한쪽 손이 유일했다. 꿈이 번번이 그래왔듯, 이유 불문 나는 무릎을 꺾고 엎어져 그의 손을 꼭 부여잡은 채 처음부터 끝까지 그저 펑펑 울었다. 살면서 크고 작은 슬픔이 없었던 바는 아니었으나, 적어도 그때까지는 내가 실제로 겪어보지 못한 깊이의 순전한 슬픔이 그의 손을 통해 생생한 질감으로 전해져 내 온몸에 차올랐다.

그것은 온몸의 털 한 올까지 일제히 떨리는 서러움이었다. 내 안에 그토록 사나운 슬픔이 은신해 있었다니. 얼음같이 천진하고 단단했던 정수리가 녹아내려 어깨 위로 떨어지고 어깨도 금세 허물어져 급기야 엎질러진 한 잔 물처럼, 내 온몸과 마음이 바닥에 흥건히 흘러내린 듯한 그 황망한 기분이라니. 지금도 나는 단 한 컷의 그 꿈을 생생히 떠올리곤 하는데, 그때마다 그의 손을 부여잡았던 두 손이 저릿저릿하다.

내 나이 서른이 되던 그날 밤. 그는 아무래도 죽음을 맞은 것 같다. 그때 나는 그의 임종을 지켰던 유일한 유족이었다. 꿈속에서 잡았던 그 손의 감촉은 아직도 내 손끝에 묻어 있다. 엷은 습기와 소금기가 손금마다 깊이 배어 있는 손. 손등 위로 불거진 푸른 힘줄을 따라 당장이라도 사그라질 듯한 가는 숨소리만 타전해오는 병들고 지친 칠십 노인의 창백한 손. 손가락이 네 개뿐이던 그의 차가운 손. 참다랑어 지느러미 같은 그의 푸른 손. 처음부터 나는 눈치채고 있었다. 내가 꼭 부여잡았던 그의 손은, 나를 나보다 반평생 먼저 살다 간 나의 손이었다.

3. 그리고, 투명한 시인들

*

나는 시간의 속도를 종잡을 수 없다. 시간은 나보다 먼저 빠르게 저만치 내달리다가도 어느 날엔 내 사지를 붙들고 늘어진다. 시간은 내 등 뒤로 내 키의 몇 배쯤 길어지는 그림자처럼 바닥에 질질 끌린다. 이를테면 조문을 다녀온 날에는 깊은 물속에 잠긴 듯 나는 한없이 느려진다. 나는 시간과 같은 보폭으로 살아온 적이 한 번도 없는 것 같다.

죽음은 총성 같은 것이 아닐까. 지구에서 슬슬 무거운

몸을 가벼워지도록 충분히 풀고 나서 숨을 한번 크게 들이켜고 트랙 위로 오른다. 곧 총성이 울리고 힘차게 내달린다. 순식간에 빛의 속도로 접어든다. 존재가 투명해지는 속도에 진입한다. 너무 빨라 지구라는 스타디움의 관중들에게는 애석하게도 보이지 않는다.

요즘 내가 놓친 투명한 존재들에 대해서 자주 생각한다. 끝내 타인이었던 그들은 지금도 무수히 나를 스쳐 지나간다. 그들에 비하면 나는 어떤가. 여태 비에 젖은 바지 속을 걸어왔듯, 하루를 다 걸어도 여전히 나는 하루를 껴입고 있다. 훌렁 벗어버리면 그만일 수 있지만, 그럴 수만은 없다. 투명해지는 것에는 책임과 대가가 따른다.

나는 '이곳'에 있고, 너는 '그곳'에 있다. 입장을 바꿔도 마찬가지다. 중요한 건 시공간의 멀고 가까움이 아니라 존재의 인지다. 서로의 존재를 기억해내고 감각하는 순간 너와 나는 서로에게 투명하지만 확실한 존재가 된다. 존재감이 뚜렷한, 투명한 사람이다.

어쩌면 투명한 이들은 나보다 최소한 하루 이상 늦게 살고, 혹은 하루 이상 먼저 살고 있을 수도 있다. 그 시

차는 누구든 경험할 수 있다. 오래전 아버지와 어머니
가 만났던 남산 공원을 나는 얼마 전 다녀왔다. 오래전
그곳에서의 아버지에게 나는 투명한 존재였다. 어떤 막
연한 예감에 가까운 존재였다. 그러나 하루가 다르게
점점 뚜렷해지는 존재였다. 그리고 몇 해 전까지 곁에
있는 존재였다가, 지금은 아버지가 내게 오래전 내가
그랬듯 투명한 존재가 되었다.

　나는 지금 망자에 대해서만 얘기하고자 하는 것이 아
니다. 시퍼렇게 살아 있으나 투명한 것들은 충분히 많
다. 당연하지 않은가. 창문을 열고 사위를 둘러보면 금
세 알 수 있다. 지구상에 투명한 것들이 차지하고 있는
무한한 영역을 말이다.
　나는 앞으로 꾸준히 투명한 것들을 찾아보기로 했다.
어떤 영적인 존재에 대한 탐구를 하려는 것은 확실히
말하지만, 아니다. 다만 곁에 있지 않아 눈앞에 없는 존
재 그래서 투명한 존재, 그러나 반드시 존재하는 존재,
끝내 서로 그리워해야 하는 존재를 좇으려는 것이다.
　그리운 사람은 눈에 안 보이는 사람이다. 그리운 사람
은 투명한 사람이다. 다만 그들은 나와 시차를 두고 살

아간다. 그들은 고속버스로 네 시간 거리에 사는 사람이기도 하고, 더러는 사십 년쯤 달려가야 만날 수 있는 사람이기도 하다. 시차의 차이가 있을 뿐 그밖에 다를 건 없다. 네 시간이 걸리든, 사십 년이 걸리든 지금 곁에 없고 눈앞에 없는 건 그래서 그리운 건 마찬가지다. 지루한 궤변이라고 해도 좋다. 문제는 서로의 존재감을 느끼는 것이다. 우리에게는 오 분 거리에 살아도 한 번도 못 만난 채 그 존재를 인지한 적도 없는 이들이 얼마나 많은가.

*

내가 최근에 좇은 투명한 존재는 '시인'이다. 나는 시인을 투명한 존재로 규정하고자 한다. 죽은 시인은 물론이고 살아 있는 시인 역시 대체적으로 투명한 존재다. 그 말은 시인이라는 명찰을 달고 자주 눈에 띄면 좀 의심해봐야 한다는 말이기도 하다.

그냥 시인으로만 있으면 하루가 다르게 투명해져서 사람들이 시인을 그대로 공기처럼 통과해 간다. 시인들은 일부러 세상에 모습을 드러내기 위한 하나의 방식으로 위장을 선택한다. 대개 시를 읽지 않는 문예창작과

학생들 사이에 존재감 없는 대학 강사로 위장하거나, 몇몇은 편집자로 동료들을 돕거나, 종종 심사위원으로 기어이 투명해지고자 하는 예비 시인을 선발하거나, 매우 드물게는 정장을 하고 빌딩으로 출근하기도 한다.

공통적으로 그들은 걱정이 많은 사람이다. 누군가에게는 걱정인 사람들이다. 그럼에도 내가 아는 시인들은 세상이 불투명해지면 질수록 세상을 버리기는커녕 마지막까지 남아서 기록할 사람이다. 타자의 울음으로 푹 젖어버린 귀라도 독자들에게 내어주는 사람이다. 안타까운 것은 시인이 건네는 선물이 곧 제 자신이 될지도 모르고 흘려버리는 일이다.

그래도 다행인 건 우리는 투명한 존재이니, 사람들 앞에서 실망한 티를 좀 내도 나중에 혼자 이불킥을 하며 후회할 필요가 없다. 어차피 누구도 알아채지 못했을 것이다.

해설
Commentary

POET

경계에서

선우은실 (문학평론가)

유독 '시인'과 관계된 제목의 시가 많다. 「시인의 귀」 「시인의 등」 「시인의 선물」 「무의미—시인의 죽음」에서 넓게는 「유령시인」과 「시쓰기」까지. 이때 '시인'은 누구인가? 시인 김중일인가? 혹은 시인으로 설정된 화자인가? 여기에서 중요한 것은 '그는 누구인가'라는 질문을 하게 만들었다는 사실이다. 그가 실재하는지, 혹은 작품 저편에 있는지에 의문을 가짐으로써 문학 안팎의 '경계'를 독자는 목도한다. 이처럼 '시인의'라는 표현은 현실과 작품 사이에 투명한 경계막으로 자리한다. 정확히 그 경계선 위에 선 '시인'의 존재는 현실 존재인 김중일로서 이편에 속하면서, 작품의 화자로서 저편 작품 속에 서 있게 된다.

At the Boundary

Sunu Eun-sil (literary critic)

Kim Joong-il has written numerous poems with titles related to poets, from "A Poet's Ear," "A Poet's Back," "A Poet's Gift," and "Senselessness: Death of a Poet" to "A Ghost Poet" and "Writing Poems." But who is this "poet"? Is it Kim Joong-il? Or a speaker who is a poet? What's important here is that these poems ask the question: Who is this poet? By questioning whether he is a real person or a character inside a poem, readers confront the boundary between the inside and outside of literature. In this way, the "poets" exist as a kind of transparent boundary or film between reality and literature. The poet standing on this boundary line belongs to reality, as does Kim Joong-il, and yet also remains within the poem, as the speaker.

"Boundary" is an keyword in this book of selected

이처럼 '경계'는 이 시집의 한 키워드다. 경계란 무엇인가. 그것은 이편과 저편을 가르는 동시에 이편과 저편을 잇는 구획선이다. 이편과 저편에 걸쳐 있는 존재로 하여금 등을 맞댄 이세계(異世界)를 넘나들 수 있다면 그 경계는 불투명한 벽의 형상은 아닐 것이다. 경계는 유리처럼 투명하여 이곳과 저곳을 살필 수 있도록 하며 한 세계에서 다른 세계를 들여다볼 수 있게 한다. 바로 여기 '투명한 경계'에서 이야기를 시작해보기로 하자.

실물의 세계에서 떠올릴 수 있는 투명한 경계라 하면 유리창이 아닐까. 창을 소재로 하는 시를 본다.

창문들이 소용돌이친다
세상의 창문들을 다 떼어와 한데 모아 겹쳐 놓으면, 캄캄한 땅속

(중략)

맨 끝 누군가의 창가까지 무사히 걸어가서,
창문 위에 실금처럼 묻은 긴 머리카락 한 올을 집어 올린다

(중략)

poems. What is a boundary? It is a line that divides this side from that side, while at the same time connecting them. If this boundary allows the poet, as an in-between being, to go back and forth between the two sides, it cannot be an opaque or impenetrable wall. Rather, it is a transparent wall, so that one can peek into the world on the other side. Let's first look at this "transparent boundary."

In the world of our reality, the first thing that comes to our minds about a transparent boundary might be a window. So a poem that deals with a window:

Windows swirl.
The windows of the world—when you gather them all, and pile them up, you get a dark underground.

At the end, after walking to and safely arriving at someone's window,
I pick up a long strand of hair like a fine crack from the window.
…
I completely wipe away the name that appears under my breath in the window.
…
I pushed my hand abruptly into the last window and held hands with someone who was leaning on the window like a shadow.

창문에 입김을 불면 나타나는 이름을 깨끗이 지운다
(중략)
나는 불시에 맨 끝 창문 속에 쑥 손을 넣어, 그림자
처럼 유리에 기대 서 있는 누군가의 손을 잡았다
그는 자신이 이제 거기 없다고 생각했겠지만

화들짝 놀란 그는
열린 창문을 굳게 닫듯 빠르고 단호하게
닫힌 창문을 열어젖혔다
「창문들의 소용돌이」 일부

창은 보통 투명하기 마련인데 그것들이 겹쳐졌을 때
"캄캄한" 어둠에 가까워진다는 서술이 인상적이다. 투
명이 겹쳐지는데 어째서 짙은 암흑이 되는가. 시에서
창문 너머 누군가 살고 있다는 점에 단서를 얻어 보자.
창은 세계와 세계를 매개한다. 창을 기준으로 맞닿은
한 세계 속에는 '나'(화자)와는 다른 존재 및 사물이 존재
한다. 어떤 세계 위로 또 다른 세계가 겹쳐진다는 것은
서로 다른 존재와 풍경이 겹겹이 쌓인다는 의미이므로
그것은 어둠에 가까운 색채를 띨 것이다.

시에서 인상적인 또 하나의 부분은 화자가 투명한 경
계를 넘나든다는 점이다. 화자는 자기와 "창문"을 맞대

Although he might have thought that he was no longer there.

Surprised, he
Opened wide his window that was closed—
As quickly and decisively as firmly closing an open window.⋯.

from "Vortex of Windows"

This poem makes an intriguing statement: although windows are usually transparent, they can become dark when piled up. Why does something transparent become dark when piled up? The clue might lie in the fact that someone is living on the other side of a window. The window is mediating between different worlds. In the worlds that are connected through windows, there are beings and objects different from us or from the poetic speaker. Because different beings and landscapes pile up, across layers of windows, it is natural that they become darker.

Another engaging statement in this poem is that the speaker frequently crosses these transparent boundaries. He reaches across the window, confirms the existence of someone there ("a long strand of hair like a fine crack"), and "holds hands with someone." Interestingly, this also makes the being in the world across the window realize that they exist. In other words, by

고 있는 세계에 손을 뻗어 저편에 존재가 있음을 확인
하고("실금처럼 묻은 머리카락") "누군가의 손을 잡"는다.
그로부터 저편의 존재가 자신이 '거기에 있음'을 깨닫
는다는 사실이 흥미롭다. 경계를 통과해 온 '나'는 저편
의 존재에게 실재감을 부여한다. 경계를 통해 간섭하는
자와 간섭을 당하는 자는 모두 미지의 존재를 급작스럽
게 감각한다는 점에서 놀라기 마련이다. 그러나 이는
자신의 세계로 건너온 '타인'을 감지했기 때문만은 아
니다. 타인으로부터 '자신이 여기에 있다'는 사실을 실
감하는 데서 오는 '놀람'이다. 이와 같이 창은 세계와 세
계를 연결하고 그로부터 타인과 자신의 존재를 갑작스
레 감지하도록 하는 '경계'의 역할을 수행한다.

　보다 직접적으로 '투명한 경계'를 다루는 시를 연달
아 읽는다.

　　너와 내가 만나고 손잡으려면 결국 투명의 경계를
　넘어야 한다
　　(중략)
　　네가 보이는 그 순간, 반드시 너와 나 사이에 투명
　의 경계가 가로놓인다
　　점점 투명의 경계는 두껍고 견고해진다

crossing the boundary, I give the sense of being to someone in another world. Both the person interfered with and the person interfering across the boundary are inevitably surprised, because they abruptly perceive an unknown person. However, this surprise occurs not just because they perceive another person who has crossed over to their world. Rather, it is from the realization they get from their encounter with the other person that they are present. In this way, a window plays the role of a boundary that also connects two worlds and enables us to realize suddenly the existence of both ourselves and the other.

Let's now look at a poem that deals more directly with a "transparent boundary."

For you and me to meet and hold hands, we have to cross over the transparent boundary in the end.
...
The moment when I see you, there is always a transparent boundary between you and me.
The transparent boundary becomes gradually thicker and firmer.

This morning when I find myself no longer able to penetrate the transparent boundary no matter how hard I try
When I open my eyes, I cannot see myself.
...

투명의 경계를 도무지 내 힘으로 뚫고 갈 수 없게
된,
오늘 아침 눈떴는데 내가 보이지 않는다
(중략)
다행이다, 나는 다시 처음으로 돌아간다
그동안 너와의 일들이 모두 다 암전

(중략)

세계는 원래 투명하다
백지보다 투명해서 아무것도 기록할 수 없다

죽은 사람, 산 사람들은 투명의 경계를 두고 세계
를 절반씩 점유하고 있다
(중략)
투명의 경계가 합체되는 순간, 온 세계는 다시 투
명해질 것이다
(중략)
그러나 45억 년간 실패한 일이다

그날의 노을,
기억이란
투명의 경계가 허물어진 일들에 대한 기록이다

「투명의 경계」 일부

Fortunately, I return to the beginning.

A dark change to all things between you and me until now.

...

The world is originally transparent.

Nothing can be written on it because it's more transparent than blank paper.

The dead and the living occupy half of the world each across a transparent boundary.

...

The moment the transparent boundary is incorporated, the world will become transparent again.

The earth will finally become transparent.

However, we have failed in this for 4.5 billion years.

...

That day's glow of the setting sun,

Memory is the record of the events where a transparent boundary was broken.

from "Transparent Boundary"

A "transparent boundary" mediates worlds. Given the usual metaphor of a human being as one's own universe, a meeting between human beings is a meeting between worlds and a work of crossing a transparent boundary. And, yet, the moment when they realize each other's existences, the boundary between them becomes thicker and "I" cannot perceive myself.

"투명의 경계"는 세계를 매개한다. 흔히 인간을 하나의 우주에 비유함을 떠올리건대 인간과 인간이 만나는 것은 세계와 세계가 마주하는 일이자 "투명의 경계를 넘"는 일이 된다. 그런데 서로의 존재를 자각하는 순간 그들 사이에 가로놓인 "경계"는 점점 두꺼워지고, 그 직후 '나'가 '나'를 감각하지 못하는 일이 발생한다. 무슨 까닭일까? 이는 타인의 발견과 관계된다. 세계는 나 하나만으로 이루어지지 않는다. 타인이라는 존재와 관계 맺는 자로서의 나를, 나아가 '우리'를 발견할 때 인간은 비로소 세계를 자각한다. 문제는 타인이라는 존재가 결코 '나'와 같을 수는 없는 이질적인 대상이라는 데 있다. 한 세계가 다른 세계를 받아들임으로써 세계에 대한 지평은 더욱 넓어질 수 있겠으나—이것이 가능하다면 "투명의 경계가 합체되는 순간, 온 세계는 다시 투명"해질 것이라는 예견은 현실화된다—나만큼 유의미한 존재로 받아들이기 어려운 타인이 있음을 인정할 때에야 그것이 가능하다. 때문에 그들이 서로를 막 인지했을 때 그 사이의 "투명의 경계"는 더욱 견고해질 수밖에 없다. 타인을 받아들이는 일이란 그토록 낯설고 어려운 일이기에.

Why? This has to do with the discovery of the other. The world is not composed of only myself. Only when we recognize ourselves as people in relation to others, and, further, discover us, do we finally recognize the world. The problem here is that the other person is a heterogeneous object that can never be the same as me. The boundary becomes truly transparent only when a world accepts another world and thus expands its horizon of the world—this is when the prediction that "the moment the transparent boundary is incorporated, the world will become transparent again" comes true—while also acknowledging that there is another person whom I find it hard to accept to be as meaningful a being as myself. This is why the transparent boundary becomes harder the moment two people recognize each other—because it is so strange and difficult for us to accept others.

When we build a wall against others, our sense of ourselves become less vivid, in relation to our accepting others. Think of, for example, the role that the existence of others plays in reminding us of our existence in "Vortex of Windows." For others to play that role, we have to cross the boundary. However, because the boundary became thicker, others cannot interfere with my world and it becomes harder for me to perceive myself as a being separate from others.

이러한 방식으로 타인과 벽을 쌓을 때 자신의 존재 감각이 흐릿해지는 것은 '타인 받아들이기'와 연관된다. 「창문들의 소용돌이」에서 타인의 존재가 '내가 여기에 있음'을 상기시키는 역할을 했음을 떠올려보자. 타인이 그러한 역할을 수행하기 위해서는 경계를 넘어야 한다. 그런데 경계가 더욱 두터워진 탓에 타인은 '나'의 세계에 간섭할 수 없게 되며 '나'는 타인과 구분되는 존재로서 자신을 자각하기 어려워진다. 때문에 "나는 다시 처음으로 돌아간다"고 표현된다. 마치 (타인 없이는) 아무것도 아닌 존재인 것처럼.

시에서 "경계"는 존재론적인 차원으로 나아간다. 바로 삶과 죽음의 문제이다. 산 사람과 죽은 사람이 "투명의 경계를 두고 세계를 절반씩 점유"하고 있다는 구절을 보자. 이제 "투명의 경계"는 현실적 존재인 '나'와 타인을 매개할 뿐만 아니라 삶과 죽음까지도 매개한다. 삶/죽음의 문제는 이 시집 전반에 걸쳐 드러나는 또 하나의 주제이다. 이는 산 자가 죽은 자를 "기억"하여 한 존재를 이쪽으로 끌어당기는 작업과 연관되는데 그 작업이란 "투명의 경계가 허물어진 일들"이다. 이러한 경계 허물기의 시도는 시인의 시 쓰기와 직결된다.

That's why the poetic speaker says: "I return to the beginning." As if I am nothing without others.

In this poem, the boundary is related to the ontological dimension, that is, to the matter of life and death. Let's, for example, look at the sentence: "The dead and the living occupy half of the world each across a transparent boundary." Now the "transparent boundary" mediates not only oneself and the other, both real beings, but also life and death. The matter of life and death is another important theme in these poems. This theme has something to do with the work of the living to remember the dead and to draw them into their world. This work is "the events where the transparent boundary was broken." The attempt to break the boundary is directly related to a poet's work of writing poems:

In a room next to mine there lives a guy who claims that he is dead.

··· He said what he really did was to collect nets cast by the dead who had become quickly forgotten···.

It's all good, but why do you claim that you're dead? It's an argument difficult to believe and therefore detract credibility from what you're telling me now, I told him.

With great difficulty he said he had been one of owners of these pitiful and treacherously dangerous

131

옆방에는 자신이 죽었다고 주장하는 이가 살고 있다.

(중략)

그의 본업은, 금세 잊힌 망자들이 드리운 그물을
수거하는 일이라고 했다.

(중략)

다 좋은데 왜 굳이 당신은 자신이 죽었다는, 이승
에서는 믿기 힘든 그래서 당신이 지금 하는 이야기의
신빙성마저 떨어뜨리는 주장을 하는 것입니까, 물었
는데

어렵게 그가 하는 말은, 자신이 바로 그 가엾고 위
험천만한 나무 한 그루의 주인이었다고 했다.

(중략)

물론 그 일이 속죄도 아니고, 순리를 거스르는 일
일 수도 있으며, 그럼으로 꼭 필요한 일이 아닌 무용
하고 무의미한 일이라도, 죽을힘을 다해 죽어서도 살
며, 이런 일도 세상에는 계속되고 있다는 걸 스스로
기록하듯,

시를 쓰고 있다고 했다.

(「시쓰기」 일부)

이 시에는 약간의 줄거리가 있다. 이승에 사는 것으
로 추측되는 '나'는 "옆방"의 망자를 만난다. 망자는 지
하로 간 죽은 사람은 지상을 향해 나무를 그물처럼 드
리운다고 말한다. 그런데 사람들이 죽은 자를 기억하여

trees⋯.

It was not necessarily an act of atonement either. It might also be contrary to the law of nature. Even if what he was doing was useless and meaningless, or not absolutely necessary, he lived with all his strength, even while being dead. And recording that this was continuing to occur in the world,

He was writing poems⋯

from "Writing Poems"

This poem has a bit of narrative. The poetic speaker, supposedly living in this world, meets a dead person, living in the adjoining room. The dead person says that the dead cast a tree like a net into this world from the other world. According to him, if people gradually forget the dead, after remembering and grieving for them for a while, the nets are abandoned. The neighbor is collecting those abandoned nets—which turns out to be the work of writing poems. Since the speaker ends the poem with: "I nodded and closed the book of poems by the dead poet," he or she is a reader outside of the dead's world. Through reading the book of poems, the speaker listens to the voice of the dead, converses with them, and deeply realizes that they are in this world. The poem book that connects the speaker and the neighbor is the record of the dead and a transparent boundary. In other words, "Writing Poems" is a meta-world composed of the world of the

애도의 눈물을 흘리다가 서서히 그를 잊게 되면 그물은 폐그물이 되고 만다는 것이다. 망자는 그것을 거두는 일을 하고 있는데 그것은 곧 "시"를 쓰는 것으로 밝혀진다. "나는 고개를 주억거리며 죽은 시인의 시집을 덮었다"는 구절로 끝나는 것으로 보아 '나'는 "그"의 경계 밖에 있는 독자이다. 그런데 이 "시집"을 읽는 행위를 통해 '나'는 죽은 자의 목소리를 듣고 그와 대화를 나누며 자신이 '이곳'에 있다는 것을 실감하는 것으로 시가 마무리된다. "그"와 '나'를 잇는 "시집"은 망자의 기록이면서 '투명한 경계'인 것이다. 즉 이 시를 읽는 독자와 그것을 쓴 시인의 세계를 메타적으로 구성한 세계로서 「시쓰기」라는 작품이 있다.

이번에는 "그"의 작업—시 쓰기—을 이해해볼 차례다. 요컨대 그가 하는 작업은 잊힌 망자의 "그물"을 거두어 가는 것이다. "그물"이 하나의 죽음의 표식이라고 할 때 그것을 거두어 가는 것은 그의 죽음을 무화하는 일이 되지 않는다. 그는 "이런 일도 세상에는 계속되고 있다는 듯 스스로 기록하듯" 시를 쓴다고 말했다. 이것은 잊힌 자를 잊히지 않도록 만들기 위한 작업이다. "그"가 잊힌 망자를 기억하며, 이 시의 화자인 독자 '나'

reader and the poet who wrote this poem.

Now, let's try to understand the work of the dead, that is, the work of writing poems. In short, this is the work of collecting the nets of the forgotten dead. If a net signifies death, to collect the nets is not the work of negating the death of the dead. The neighbor says he writes poems "as if recording that something like this was continuing to occur in this world." This is the work of having the forgotten remembered. As he, the poet, remembers the forgotten dead, the speaker of this poem, that is, a reader, comes to know them in his conversation with the poet. And, while reading their conversation, we become other people who also know about the dead.

In conclusion, Kim Joong-il's work of writing poems is the work of endless restoration. We frequently forget what is obvious: that we breathe, that we are all dying, and even that we're alive. The poet stands on the transparent boundary called "poetry" and looks straight at the reader. Then, the reader and poet interfere with each other's worlds—through the poems. When we read a poem, in that moment of breaking the boundary, we suddenly remember what we've forgotten: our life, death, and being.

가 "그"와 대화함으로써 망자들의 존재를 알게 된다. 그리고 그들의 대화를 읽고 있는 지금 여기의 우리가 그 망자에 대해 들었으므로 그들을 아는 또 다른 사람들이 된다.

이처럼 김중일의 시 쓰기는 잊히려는 것에 대한 끊임없는 복원의 작업이다. 인간은 당연한 것에 대해서 자주 잊는다. 숨을 쉬고 있다는 것, 누군가는 죽는다는 것, 자신이 여기 살아 있다는 것조차도. 시인은 '시'라는 투명한 경계에 자신을 세우고 독자와 마주 본다. 그리고 독자와 시인은 서로의 세계에 간섭한다. 시를 읽음으로써. 시를 읽는 순간—그 경계 허물기의 시간에 우리는 불현듯 잊었던 것을 상기한다. 우리의 삶과 죽음과 존재에 대하여.

김중일에
대해

What They Say
About Kim Joong-il

POET

우리의 삶이 후렴인 것과는 별개로, 김중일의 시가 어떤 후렴의 양상을 띠고 있다면, 단지 영원회귀의 반복감이나 지속감 때문만은 아닐 것이다. 그는 묵묵하고 무뚝뚝하게, 역사의 후렴을 살고 있는 동시대의 사람들에게 공감을 구한다. 동시대에 대한 그의 기억은 현실적이지도 않고, 정확하지도 않지만, 정확하고 구체적이다. 정확하지 않지만 정확하다.

장이지

김중일은 전망 없는 도시 속에 갇힌 비극적 삶과 천천히 죽어가고 있는 삶을 환상적 알레고리 산문시로 구현한 바 있다. 그의 시는 모랄의 편에 서서 사회학적 상상력과 반성적 사유를 담아낸 1950년대 김구용의 산문시 계보에 속하는 환상적 알레고리 산문시의 특성을 보여준다.

송승환

If Kim Joong-il's poems take the form of a certain refrain, apart from the fact that our lives are refrains, it is not only because their sense of repetition or the persistence of eternal recurrence. Calmly, and bluntly, he seeks sympathy from his contemporaries, living the refrains of history. Although his memories of his times are neither realistic nor accurate, they are also truthful and concrete. Although not accurate, they are accurate.

Chang I–ji

In his prose poems of fantastic allegory, Kim Joong-il embodies tragic and despairing lives imprisoned in cities and lives of slow death. Being in the form of prose poems and allegories, they belong to the gene-alogy of Kim Gu-yong's prose poems of the 1950s, which also presented sociological imagination and reflective thinking on the side of ethics.

Song Seung–hwan

K-포엣
유령시인

2019년 12월 3일 초판 1쇄 발행

지은이 김중일 | 옮긴이 전승희 | 펴낸이 김재범
편집 강민영 김지연 | 관리 김주희 홍희표 | 디자인 나루기획
인쇄·제책 굿에그커뮤니케이션 | 종이 한솔PNS
펴낸곳 (주)아시아 | 출판등록 2006년 1월 27일 제406-2006-000004호
주소 경기도 파주시 회동길 445(서울 사무소: 서울특별시 동작구 서달로 161-1 3층)
전화 02.821.5055 | 팩스 02.821.5057 | 홈페이지 www.bookasia.org
ISBN 979-11-5662-317-5 (set) | 979-11-5662-419-6
값은 뒤표지에 있습니다.

K-Poet
A Ghost Poet

Written by Kim Joong-il | **Translated by** Jeon Seung-hee
Published by ASIA Publishers | 445, Hoedong-gil, Paju-si, Gyeonggi-do, Korea
(Seoul Office: 161-1, Seodal-ro, Dongjak-gu, Seoul, Korea)
Homepage www.bookasia.org | **Tel** (822).821.5055 | **Fax** (822).821.5057
ISBN 979-11-5662-317-5 (set) | 979-11-5662-419-6
First published in Korea by ASIA Publishers 2019

This book is published with the support of the Literature Translation Institute of Korea
(LTI Korea).